Karl-Heinz Fleckenstein

Kleine Frau von Guadalupe

Karl-Heinz Fleckenstein

Kleine Frau von Guadalupe

Hoffnung für die Völker

Fromm Verlag

Impressum / Imprint
Bibliografische Information der Deutschen Nationalbibliothek: Die Deutsche Nationalbibliothek verzeichnet diese Publikation in der Deutschen Nationalbibliografie; detaillierte bibliografische Daten sind im Internet über http://dnb.d-nb.de abrufbar.

Bibliographic information published by the Deutsche Nationalbibliothek: The Deutsche Nationalbibliothek lists this publication in the Deutsche Nationalbibliografie; detailed bibliographic data are available in the Internet at http://dnb.d-nb.de.

Coverbild / Cover image: www.ingimage.com

Verlag / Publisher:
Fromm Verlag
ist ein Imprint der / is a trademark of
AV Akademikerverlag GmbH & Co. KG
Heinrich-Böcking-Str. 6-8, 66121 Saarbrücken, Deutschland / Germany
Email: info@frommverlag.de

Herstellung: siehe letzte Seite /
Printed at: see last page
ISBN: 978-3-8416-0291-6

Karl-Heinz Fleckenstein

Kleine Frau von Guadalupe

Hoffnung für die Völker

Für meine über alles geliebten Kinder:
für Mirjam mit Hanna, Michael, Mirell,
für Emmanuel mit Katharina,
für Elizabeth und ihre immer Freude verströmende
Mutter Louisa

Inhalt

EIN PLAN WIRD WIRKLICHKEIT

Im November 1981 war ich endlich der Kompassnadel meines Herzens gefolgt, der immer in Richtung Jerusalem zeigte. In meinem wenigen Reisegepäck befand sich ein Kleinod: das Bild Unserer Lieben Frau von Guadalupe. Ein Priester hatte es mir Jahre zuvor geschenkt mit dem Wunsch: „Das wahre Bild Mariens möge dich auf deinem Lebensweg begleiten." Nun hatte es mich tatsächlich zu dem Schatz meines Lebens mit Namen Louisa geführt. Am 8. Dezember 1981 durften wir in der Verkündigungsgrotte von Nazaret den Bund fürs Leben schließen. Das Bild begleitete unsere Familie die folgenden Jahre.

Nun reifte zu unserem 30. Hochzeitsdankfest der Entschluss, dieses Jubiläum bei Unserer Lieben Frau in Guadalupe zu feiern. Aber wie konnte das geschehen, da wir ja dort niemand kannten? Sollten wir aufs Geratewohl ein Hotel per Internet buchen? Das wäre die einfachste, menschliche Lösung. Gleichzeitig spürten wir die Herausforderung „von oben", uns keine großen Sorgen zu machen. Der Termin rückte immer näher. Die Flugtickets waren gebucht, aber immer noch keine Unterkunft in Sicht.

Ende Oktober 2011 durften wir eine Pilgergruppe mit Pater Jürgen auf die Spuren der Bibel führen. Nebenbei erwähnten wir unsere geplante Mexikoreise. „Kennt ihr überhaupt jemand dort?" fragte er uns spontan. „Nein". „Moment mal, da ist doch Stefan in unserer Gruppe. Sein Onkel, Pater Cornelius, arbeitet als Missionar in Mexiko. Stefan kann doch einmal bei ihm anfragen, ob der Pater etwas Konkretes für euch arrangieren kann".

Wenige Tage später erhielten wir eine E-Mail von Pater Cornelius:
Liebe Familie Fleckenstein, Frau Rosamaría, eine Bekannte von mir, hat sich angeboten, Ihnen ein Zimmer mit Bad zur Verfügung zu stellen. Sie würde I hnen auch Frühstück und Abendessen anbieten. Sie spricht Spanisch und fließend Französisch. Ich selbst habe vom 3. - 8. Dezember einen Exerzitienkurs in Tlaxcala zu halten. Von dort aus kann ich dann am 8. Dezember nach Mexiko Stadt fahren und die Messe für Sie feiern.

Herzliche Grüße
P. Cornelius

Kurz darauf folgte eine weitere E-Mail von Frau Rosamaria:

Liebe Familie Fleckenstein, gerne hole ich Sie am Flughafen mit meinem Bruder ab. Gleichzeitig schicke ich Ihnen ein Bild von mir, damit wir uns nicht verfehlen. Außerdem halte ich ein Poster mit Ihrem Namen in Händen. Machen Sie sich keine Sorgen, Ihr Aufenthalt bei mir für Übernachtung und Essen ist kostenlos. Ich werde mit großer Freude Ihr Gastgeber sein. Als Kinder Mariens durch die Gebetsbrücke verbunden

Rosamaria

Wir waren sprachlos. Das „himmlische Planungsbüro" hatte bestens vorgesorgt.

Rosamaria, unser „Engel von Mexiko". (Foto: Louisa Fleckenstein)

EIN VOLK FEIERT SEINE MUTTER

Tatsächlich erleben wir in Rosamaria einen Engel, der uns in diesen fünf Tagen in liebevoller Weise begleitet.

Heute am 8. Dezember feiern wir mit dem Volk von Mexiko Maria als die „Unbefleckte Empfängnis“. Der riesige Platz vor der modernen Basilika, die 20.000 Menschen fassen kann, ist bevölkert von einem wimmelnden Menschenheer. Inmitten der versammelten Menge wogen die Federbüsche der Indios. Zum stampfenden Rhythmus der Trommeln tanzen die Menschen im Kreis. Wir bewegen uns mitten drin. In steinernen Gefäßen wird Copal, der heilige Weihrauch der Azteken entzündet und unter zahlreichen Beschwörungen in alle Richtungen geschwenkt. Ein würzig, harziger Duft steigt uns in die Nase.

Zum Rhythmus der Trommeln tanzen die Indios zu Ehren ihrer himmlischen Mutter.

(Foto: Karl-Heinz Fleckenstein)

Das Tilmabild, das jährlich 20 Millionen Pilger verehren. (Foto: Rosamaria Reynoso)

Zwischen den tanzenden Menschen schieben sich Gläubige, manche auf Knien, zur Kirche. Sie bitten ihre Madonna für die Heilung eines kranken Kindes, für den guten Abschluss eines Universitätsstudiums, für das Gelingen einer begonnenen Arbeit. Andere danken für die Errettung aus einer großen Gefahr, für die Rückkehr des Ehemannes von einer langen Reise, für die Geburt ihres Sohnes...

Seit den frühen Morgenstunden reiht sich eine Messe an die andere. Tausende von Gläubigen sind gekommen. Sie alle wollen das heilige Tuch mit dem Bild Unserer Lieben Frau sehen.

Um des großen Andrangs Herr zu werden, hatte man beim Bau der neuen Basilika vier parallel laufende Fließbänder installiert. Nun nähert sich die Menge dem Gnadenbild. Auf diesen Förderbändern werden – ähnlich wie in einem Flughafen – die Pilger in der Wallfahrtsbasilika am Bild vorbeigezogen. Sie blicken hinauf, suchen den Schlüssel für dieses Mysterium. Auch wir beide.

Wir staunen vor dem heiligen Bild, senken die Augen verstohlen zum Laufband, schauen hinauf und wieder herunter. Manche Gesichter zeigen außerordentliche Freude, andere schweres Leid. Einige weinen, wenn sie einen Blick auf das Bild erhaschen. Hunderte und Tausende Menschen stehen wie ein brandendes Meer noch vor der Basilika. So bleibt auch uns keine Zeit für langes Schauen.
Doch in den wenigen Sekunden brennt sich das Bild in unser Gehirn. Wahrhaftig, das Bild bleibt, prägt sich ein. Unmerklich dringt es in unser Herz und bleibt unauslöschlich. Es ist verborgen und doch klar. Auch wenn wir näher herangehen, wird es nicht klarer.
In wenigen Metern Entfernung schweben wir mehrmals an dem Umhang vorbei und bleiben ein Kreuzzeichen lang im Blickkontakt mit den Augen der Madonna. Ein kurzer Augenblick der Besinnung – und schon drängen die folgenden Gruppen nach.

Der Höhepunkt an diesem Tag ist geprägt von unserem Jubiläums-Dankgottesdienst mit Pater Cornelius auf dem Balkon der Basilika mit dem Blick auf das Bild
Unserer Lieben Frau.

Nach der Eucharistiefeier zum 30-jährigen Ehedankes-Jubiläum in der Basilika unserer Lieben Frau von Guadalupe mit Pater Cornelius. (Foto: Rosamaria Reynoso)

Es ist, als würde Maria von dort selbst zu uns sprechen so wie damals zu Juan Diego im Jahre 1531: „Ich bin die immerwährende Heilige Jungfrau Maria, die Mutter des einzig wahren heiligen Gottes, des Leben spendenden Schöpfers aller Menschen. Er ist der Herr der Nahen und der Fernen, des Himmels und der Erde. Ich werde euch meine ganze Liebe schenken, meinen erbarmenden Blick, meine Hilfe, meinen Trost, meine Rettung. Denn ich bin wahrhaftig eure Mutter und die aller Menschen, die mich lieben, rufen und anflehen. Ich bin die Mutter all derer, die mich suchen und mir vertrauen. Ich werde euch glücklich machen und euch viel Freude schenken."

Der Slogan „Nunca más un México sin nosotros" - „Nie wieder ein Mexiko ohne uns" wurde zur Losung eines neuen indigenen Selbstbewusstseins, das vor allem durch pittoreske Bilder, Mythen, Legenden und traditionelle Spiele der Ureinwohner zum Ausdruck kommt.

EIN ARMER INDIO WIRD ZUM BOTEN DER KÖNIGIN DES HIMMELS

Nach der Messe stehen wir auf dem Hügel Tepeyac am Stadtrand von Mexiko. Diese Anhöhe war schon lange vor der Ankunft der Spanier der Wallfahrtsort der Tonantzin, der Mutter aller aztekischen Götter. Damals kamen die Menschen mit ihren Gebeten und Opfergaben dort regelmäßig zu einem großen Fest zusammen. Doch erst durch die Ablösung von der aztekischen Göttermutter zur christlichen Mutter Gottes fanden die Mexikaner ihre wahren Identität. Mehr als 1.500 Orte in Mexiko tragen jetzt "Maria" in ihrem Namen.

Am 9. Dezember 1531 war auf diesem Hügel dem 55-jährigen Witwer Cuauhtlatoatzin, ‚sprechender Adler', mit dem Taufnamen Juan Diego, Maria erschienen. Es war das Fest der „Unbefleckten Empfängnis", das dort am 9. Dezember gefeiert wurde. Der Indio hatte 1525 zwei Jahre nach der Ankunft der ersten Franziskanermissionare mit seiner Ehefrau Maria Lucia die Taufe empfangen. Als einfache, bescheidene Bauersleute zählten sie mit ihrem Onkel Juan Bernardino zu den ersten Christen des Landes.

Im Geist sehen wir den kleinen Indio, wie er an diesem Samstag sehr früh zur heiligen Messe unterwegs ist. Über dem östlichen Horizont beginnt es gerade hell zu werden, als er Tepeyac erreicht. Da hört er plötzlich ein Jubilieren von der Höhe herab. Es klingt wie ein Konzert vieler wunderbarer Vögel. Juan Diego bleibt stehen und lauscht. „Träume ich?" Er blickt in Richtung des Sonnenaufgangs.

Da hört er eine Stimme, die nach ihm ruft. „Kleiner Juan, Juanitzin! Diegotzin!" Er eilt zur Höhe hinauf und sieht eine wunderschöne junge Frau, fast noch ein Mädchen, auf dem Hügel stehen. Sie bedeutet ihm, näher zu treten. Als er vor ihr steht, ist er überwältigt von ihrer Schönheit, die alles übertrifft, was er je gesehen hat. Ihr Gewand leuchtet wie die Sonne. Die Erde um sie herum erstrahlt wie ein Regenbogen im Nebel. Friede und Liebe gehen von dieser Gestalt aus. Unwiderstehlich zieht ihre Zärtlichkeit ihn an.

Es ist uns, als hörten wir nach fast 500 Jahren immer noch das Echo des zärtlichen Dialogs zwischen der Gottesmutter und dem kleinen, demütigen Juan Diego.

„Juantzin, Juanito, kleinster meiner Söhne! Wo willst du hin?“ – „Meine Herrin! Königin! Mi niña! Mein Kleines, mein Töchterlein, mein Mädchen! Ich gehe zur heiligen Messe nach Mexico-Tlatelolco. Dort will ich Gott dienen und ihn ehren.“ –

„Allerkleinster meiner Söhne! Ich bin die immerwährende Heilige Jungfrau Maria, die Mutter des einzig wahren heiligen Gottes, des Leben spendenden Schöpfers aller Menschen. Er ist der Herr der Nahen und der Fernen, des Himmels und der Erde. Ich wünsche mir sehr, dass mir hier ein Heiligtum errichtet wird, wo ich ihn zeigen, preisen und für immer bezeugen kann. Hier werde ich den Menschen meine ganze Liebe geben, meinen erbarmenden Blick, meine Hilfe, meinen Trost, meine Rettung. Denn ich bin wahrhaftig eure mitleidende Mutter: deine Mutter und die aller Menschen, die dieses Land bewohnen – wie auch die Mutter aller übrigen Stämme und Menschen, die mich lieben, rufen und anflehen. Ich bin die Mutter all derer, die mich suchen und mir vertrauen. Hier werde ich ihr Weinen und ihre Klagen hören. Hier werde ich sie in ihrer Trauer trösten und all ihre Schmerzen lindern. Hier werde ich sie heilen in ihrer Pein, ihrem Elend und Leid. Nun geh zum Bischof von Mexiko. Sag ihm, dass ich dich geschickt habe, und eröffne ihm, dass ich hier eine Heimstatt haben möchte. Sag ihm das alles und erzähle, was du hier gesehen, bewundert und gehört hast. Sei dir sicher, ich werde dich glücklich machen und dir viel Freude schenken.“ – „Meine Herrin, mein Kleines, ich bin schon unterwegs, um deine Worte auszuführen.“

Kaum ist Juan Diego im Haus des Franziskaner-Bischofs Don Fray de Zumárraga eingetreten, da reagiert dieser auf die Erzählung mit ungläubigem Staunen. „Mein Sohn, komm ein anderes Mal vorbei. Dann werde ich dir in Ruhe zuhören und alle Gründe erwägen, die dich zu mir geführt haben“, ist die abweisende Antwort.

Traurig über seinen Misserfolg kehrt der kleine Indio in der Abenddämmerung zum Gipfel der Anhöhe zurück. Die Königin des Himmels erwartet ihn schon.

Da wirft er sich vor ihr in den Staub und stammelt: „Kleine Herrin, Señora, Königin, Kleinstes meiner Töchterlein, mein Allerkleinstes! Gerade so, wie du es verlangt hast, habe ich deinen Auftrag ausgeführt. Doch ich konnte den Bischof nicht überzeugen. An der Art, wie er sprach, dachte er wohl, ich hätte alles erfunden. Darum flehe ich dich an, meine Herrin und mein Allerkleinstes, schicke lieber einen Edlen hin, der bekannt ist, respektiert

und geehrt wird, damit er deinen Auftrag ausführe und man ihm seinen Worten Glauben schenke. Denn ich bin doch nur ein Ackerbauer, ein armer Wicht, ein Tagelöhner und Lastensklave, ein Traggestell, ein Dreck, der Allerletzte. Wohin du mich hingeschickt hast, das ist kein Ort für mich, kleinste Jungfrau, mein Allerkleinstes. Mein Kind! Meine Herrin und Königin! Ich bitte dich, erlass mir deine Bitte. Denn ich bekümmere nur dein Herz. Ich bereite dir nur Verdruss und Ärger, wenn ich gehe, meine Herrin und Herrscherin."
Da lächelt die ihm die heilige Jungfrau zu. „Höre, Kleinster meiner Söhne! Glaub nicht, dass es mir an Dienern und Boten fehlt, die ich jederzeit aussenden könnte. Es ist aber unbedingt notwendig, dass du selbst gehst und darum bittest. Durch deine Vermittlung soll mein Herzenswunsch ausgeführt werden. Ich bitte dich also sehr, mein Sohn und mein Kleinster. Gehe morgen noch einmal zum Bischof. Lass ihn noch einmal meinen Willen wissen. Ich sende dich."

Da antwortet ihr Juan Diego voller innerer Bereitschaft: „Meine Herrin! Königin! Mein Kleines! Dein Gesicht soll kein Kummer überschatten. Dein Herz darf sich nicht betrüben! Mit großer Freude werde ich gehen, um ihm noch einmal deine Worte zu verkünden. Kein Hindernis auf dem Weg soll mich davon abbringen können. Morgen am späten Nachmittag, wenn die Sonne untergeht, werde ich zurückkommen und dir erzählen, was der Bischof mir geantwortet hat. Und jetzt verabschiede ich mich von dir, mein Kleines! Gute Frau und Königin! Mein Kind! Ruhe dich inzwischen ein wenig aus."

Am folgenden Tag macht sich Juan Diego erneut zum Palast des Bischofs auf. Erst nach langen Bitten wird er vorgelassen. Der Bischof stellt ihm viele Fragen. Juan Diego erzählt ihm nochmals alles sehr genau. Um sich weiter mit der Sache befassen zu können, sei es deshalb notwendig, dass sein Bericht durch andere Zeichen beglaubigt werde, gibt der Oberhirte ihm schroff zur Antwort.

Mittlerweile ist Juan Diego wieder bei der immerwährenden Jungfrau auf dem Hügel angelangt und berichtet ihr traurig von der Reaktion des Bischofs. Maria jedoch ermutigt ihn. „Gut so, mein Söhnchen! Kleinstes meiner Kinder! Komm morgen zurück, um dem Bischof das Zeichen der Wahrheit zu bringen. Dann wird er nicht mehr an deiner Botschaft zweifeln und dich nicht mehr in seinem Herzen verdächtigen. Ich werde dich für alle Mühe und Arbeit belohnen, die du für mich auf dich genommen hast. Nun geh! Morgen werde ich dich hier wieder erwarten."

Zu Hause angekommen, findet Juan Diego seinen Onkel Juan Bernardino im Sterben liegen. Am Abend bittet ihn der Onkel: „Breche nach Tlatelolco auf und rufe mir dort einen Priester, bei dem ich beichten und mich auf meinen Tod vorbereiten kann." Sofort macht sich Juan Diego auf den Weg.

Am Fuß des Tepeyac-Hügels sagt er zu sich: „Womöglich sieht mich hier die edle Dame. Bestimmt wird sie mich dann wieder aufhalten, damit ich dem Bischof das Zeichen bringe. Doch zuerst muss ich den Priester rufen, auf den mein lieber Onkel doch so dringend wartet." Also schlägt er schnell um den Hügel einen Bogen. Jetzt wird die Königin des Himmels ihm nicht über den Weg kommen und ihn aufhalten.Im selben Augenblick sieht er sie vom Gipfel des Hügels herabsteigen. Sie hat ihn von dort beobachtet und erwartet.

Nun stellt sie sich ihm in den Weg und fragt: „Was ist, kleinster meiner Söhne? Wohin lenkst du deine Schritte? Wo willst du hin?"

Da wirft er sich beschämt vor ihr nieder und stammelt: „Ach, mein Kleines, mein liebes Töchterlein, mein Kind und meine Königin! Wie wünschte ich mir, dass du Grund zur Freude hättest! Hast du wohl gut geruht und den Tag gut angefangen? Ich bin traurig, dass ich dein Gesicht und Herz bekümmern muss. Du musst nämlich wissen, mein kleines Mädchen, dass es einem deiner armen Diener sehr schlecht geht. Nämlich meinem Onkel. Eine schwere Krankheit führt ihn sicher bald zum Tod. Darum eile ich gerade nach Mexiko, wo ich einen unserer Priester rufen will, dass er ihm Trost spende, ihm die Beichte abnehme und ihn salbe. Denn in Wahrheit haben wir ja nur das Licht der Welt erblickt, um einer guten Sterbestunde entgegenzugehen. Wenn ich diese Pflicht erfüllt habe, werde ich gleich wieder zurück sein, um deine Worte zu überbringen, meine Herrin und mein liebes Kleines. Entschuldige mich also bitte! Hab noch ein wenig Geduld mit mir. Ich werde dich nicht enttäuschen, mein Kind und meine teure Tochter. Morgen schon werde ich wieder hier bei dir sein."

Da antwortet ihm die barmherzige und immerwährende Jungfrau: „Höre, und nimm es dir zu Herzen, kleinster meiner Söhne! Da ist nichts, das dich erschrecken soll! Nichts soll dich betrüben und verzagen lassen. Dein Gesicht soll nicht bekümmert sein, und auch nicht dein Herz! Fürchte weder diese Krankheit noch irgendeine andere Krankheit, noch Angst oder Kummer. Bin ich denn nicht hier, ich, deine Mutter? Stehst du nicht in meinem Schutz und Schatten? Bin ich nicht die Quelle deiner Freude? Bist du nicht in den Falten meines Mantels? Halte ich dich nicht in meinem Arm? Was ist es, was dir sonst noch fehlt? Nichts soll dich mehr ängstigen und verwirren! Auch die Krankheit deines Onkels soll dich nicht mehr quälen und bedrücken. Er wird an ihr nicht sterben. Nimm das in deinem Herzen sicher mit: Er ist schon gesund."

Auf diese trostvollen Worte hin bittet Juan Diego die Jungfrau Maria, ihn doch nun gleich zum Herrn Bischof auszusenden, um ihm das Zeichen zu überbringen. „Steig auf den Gipfel, kleinster meiner Söhne! Dort wirst du eine Fülle bunter Blumen blühen sehen. Pflücke und sammle sie, und lege sie zusammen! Dann bring sie hierher.“

Auf dem Hügel angekommen, gerät Juan Diego außer sich vor Staunen. Herrliche schöne Rosen sind dort erblüht, mit weit geöffneten Blütenkelchen, in allen Farben und herrlich duftend, obwohl in dieser Jahreszeit alles noch vom bitteren Frost erstarrt ist. Sofort beginnt er, die Blumen zu pflücken und sammelt sie in seinem umgeschlagenen Umhang. Die Königin des Himmels ordnet den Strauß mit ihren Händen und legt ihn wieder in den Umhang zurück. „Mein kleinstes Söhnchen, diese bunten Blumen sind das untrügliche Zeichen, das du dem Bischof bringen wirst. Sag ihm von mir, dass er in ihnen meinen Wunsch erkennen und meinem Willen und Verlangen stattgeben soll. Du bist mein Botschafter. Du hast mein vollstes Vertrauen. Außerdem möchte ich, dass du in der Gegenwart des Bischofs deine Tilma öffnest und ihm zeigst, was du bei dir trägst. So wirst du bestimmt sein Herz überzeugen.“

Im Bischofspalast angekommen, wirft sich Juan Diego gleich vor dem hohen Herrn nieder und erzählt noch einmal, was er gesehen und erlebt hat. Dann breitet er seinen weißen Umhang aus. Als die herrlichen Rosen zu Boden fallen, erscheint auf dem Mantel das Bildnis der Mutter Gottes, in der Form und Gestalt, wie sie jetzt noch unter uns ist. Der Bischof sinkt auf die Knie und bricht in Tränen aus.

Noch 1531 lässt er auf dem Hügel Tepeyac eine Kapelle errichten und darin das Gnadenbild Unserer Lieben Frau von Guadalupe aufstellen. Juan Diego lebt bis zu seinem Tod am 30. Mai 1548 dort in seiner bescheidenen Klause.

Vor den Ruinen dieser Einsiedelei bitten wir Maria, dass auch wir, wie der kleine Indio, uns in den Falten ihres Mantels geborgen wissen dürfen.

Vor der Kathedrale die Darstellung der Begegnung zwischen Juan Diego und dem Franziskaner-Bischof Don Fray de Zumárraga. (Foto: Karl-Heinz Fleckenstein)

DIE GRÖSSTE BEKEHRUNGSWELLE IN DER GESCHICHTE

1541, zehn Jahre später, wird das Wunder von Guadalupe zur größten Bekehrungswelle in der Geschichte. Paul Badde schreibt dazu: „Unmittelbar nach dieser Begebenheit wurden plötzlich acht Millionen Indios katholisch, die sich vorher kaum etwas Schöneres vorstellen konnten, als Spanier beziehungsweise Katholiken, in Kakao zu kochen und aufzuessen". Eine solche Aussage ist sicherlich nicht übertrieben, wenn man sich etwas näher mit dem Götterkult der Azteken und der grausamen Eroberungspolitik der Spanier beschäftigt.

Rosamaria, unser „Engel von Mexiko" begleitet uns in das Nationalmuseum für Anthropologie in Mexiko-Stadt. Dort ist die Geschichte des Landes und besonders der alten Indianerkultur mit den Olmeken, Zapotheken, Azteken und Mayas dargestellt. galten nach dem Mythos der Azteken als Nahrung für die Götter und waren notwendig, um den Fortbestand der Welt zu sichern. Aus diesem Grund wurden Schätzungen zufolge jährlich einige Tausend Menschenopfer durchgeführt. Im Glauben der Azteken, dass jeder neue Sonnenaufgang - und damit der Bestand der gegenwärtigen Welt - allein nur durch das Opfer von menschlichem Blut herbeigeführt werden konnte, mussten nun auch die Menschen ihr Herz und ihr Blut opfern, genauso wie zuvor die Götter. Nur durch diese Blut- und Menschenopfer, den sogenannten Schuldzahlungen an die Götter, konnte die Sonne ihre tägliche Wanderung durch den Himmel und die Unterwelt leisten. Bevorzugte Opfer waren Kriegsgefangene. Diese trugen dazu bei, dass die Quelle der Menschenopfer nie versiegte.

Nach dem rituellen Bad und nur mit einem Lendenschurz bekleidet, wurden die Opfer unter Tanz und Gesang zu den Opferaltären der Pyramidentempeln hinaufgeführt. Dort warteten bereits die langhaarigen, mit schwarzen, blutverkrusteten Kapuzenmänteln gekleideten Opferpriester. Festgehalten von vier Priestern, wurde das Opfer mit der Brust nach oben auf den Opferstein gelegt. Ein weiterer Priester führte mit der scharfen Obsidianklinge des Opfermessers bei dem vermutlich betäubten Opfer einen schnellen Längsschnitt über die Brust durch und durchtrennte damit das Brustbein und die Rippen. Anschließend wurde dem noch lebenden Opfer sofort mit einem Ruck das pulsierende Herz, das man bei Gefangenen „Adlerfrucht" oder „Edelstein" nannte, herausgerissen. Nachdem das Herz der Sonne entgegengestreckt, und damit symbolisch vom aufsteigenden

Adler aufgenommen wurde, gab man es in die Adlervase und verbrannte es. Der Geopferte wurde zum Schluss die Stufen des Tempels hinunter gestoßen.

Einer der Götter, der den Azteken große Angst einflößte, war der Regengott „Tlaloc".
Er sandte nicht nur Regen, Dürre und Hungersnot, sondern er entfesselte auch verheerende Stürme mit Blitz und Donner. Um sich die Gunst von Tlaloc zu sichern, mussten auch ihm Menschenopfer dargebracht werden. Da die Azteken Kindertränen mit Regentropfen in Verbindung brachten, wurden Tlaloc bevorzugt Kinder geopfert. Wenn diese auf ihrem Weg zur Opferung besonders stark weinten, so freute man sich, denn viele Tränen bedeuteten auch viel Regen.

Darstellung des aztekischen Regengottes Tlaloc. (Foto: Karl-Heinz Fleckenstein)

Genau drei Jahre vor dem Erscheinen der Gottesmutter war 1528 Juan de Zumarraga als erster Bischof der Neuen Welt in Tenochtitlan angekommen. Bekannt als „lebendiges Abbild des heiligen Franziskus" setzte er sich mit Eifer für die unterdrückten Indios ein. Dennoch gab es nur sehr wenige Bekehrungen. Der Grund war einfach. Keine 10 Jahre nach der Unterwerfung Mexikos beuteten die spanischen Eroberer, getrieben von Macht und Besitzgier, das Volk erbarmungslos aus, versklavten es als „Wesen ohne Seele", rotteten ganze Familien aus und brannten ihre Häuser nieder. In dieser äußerst gespannten, aussichtslosen Situation griff der Himmel selbst ein.

Die Azteken, bewandert im Lesen von Bildern und Symbolen, erkannten in dem Bild Unserer Lieben Frau einen indigenen Kodex, der es ihnen erlaubte, die Jungfrau von Guadalupe als eine der ihren anzuerkennen. Beim Anblick der wunderschönen Dame mit indianischen Zügen riefen sie in ihrer Muttersprache Nahuatl immer wieder voller Begeisterung aus: „Sie ist eine von uns!" Denn sie hatten verstanden, das Bild zu deuten:

Strahlend vor der Sonne stehend musste sie größer als ihr gefürchteter Sonnengott Huitzilopochtli sein. Mit einem Fuß auf dem Halbmond, dem Symbol für den gefiederten Schlangengott Quetzalcoatl, zeigte die Dame ihnen, dass sie diesen mächtigsten aller Aztekengötter besiegt hat.

Die blaugrüne Farbe ihres Mantels – die Farbe der aztekischen Könige – deutete auf ihre Königswürde hin, und die 46 Sterne auf ihrem Mantel ließen erkennen: Sie ist größer als die Sternengötter des Himmels. Ihr anmutig in Verehrung geneigtes Haupt und die gefalteten Hände machten jedoch deutlich, dass auch sie einem in Ehrfurcht dient, der noch größer ist als sie.

Und schließlich erkannten sie im kleinsten aller Zeichen, dem schwarzen Kreuzchen am Halsausschnitt des Kleides, jenes christliche Symbol der Spanier wieder, das ihnen zu verstehen half: Die Religion der Eroberer ist auch die Religion der Jungfrau von Guadalupe und soll auch unsere werden. Und was den Umhang und das Dekor der Sterne auf dem Mantel der Gottesmutter betrifft: es ist wissenschaftlich nachgewiesen, dass die Darstellung der Sterne eine exakte Kopie des Sternenbildes am Himmel über Mexiko im Jahre 1531 ist. Jedoch sind die Sterne so angeordnet, wie sie von oben aus gesehen werden, also nicht von der Erde aus.

Damit bewirkte Maria selbst eine gewaltige Welle von Bekehrungen, die alle Stämme, Rassen und Religionen Mexikos erfasste, indem sich über neun Millionen Azteken in der größten Massenkonversion der Geschichte taufen ließen und danach Spanier und Indios, die sich davor gegenseitig vollständig vernichten wollten, plötzlich anstatt Krieg zu führen, sich verbrüderten und als Blutsverwandte sich vermischten.

„Wenn ich es nicht mit eigenen Augen gesehen hätte, würde ich nicht wagen, es zu schildern", schrieb der Franziskanerpater Toribio. „Ich kann aber bezeugen, dass im Kloster

Quecholac ein anderer Priester und ich selbst vierzehntausend und zweihundert Seelen in fünf Tagen tauften. Es war wahrhaftig keine kleine Arbeit." Vom flämischen Franziskanermissionar Peter van Ghent berichteten Zeitgenossen, dass er mit eigener Hand mehr als eine Million Mexikaner taufte. Die Missionare selbst waren überwältigt von den schier endlosen Menschenreihen, die nach Katechese und Taufe verlangten. Maria hatte sich offensichtlich als erbarmungsreiche Mutter ihres Volkes in der Neuen Welt erwiesen.

Nicht allein das Gnadenbild war für die Bekehrung der Mexikaner ausschlaggebend. Für die Indios, die alles erzählend weitergaben und ein erstaunliches Gedächtnis besaßen, waren ebenso die Worte der Gottesmutter entscheidend, die ihnen Juan Diego, der große Katechet der Indios, immer wieder bereitwillig wiederholte. Aus seinem Mund wuchs die lebendige Tradition von Guadalupe, und seine Zuhörer verstanden: „Die Mutter der Christen ist schön, sie will nichts für sich, keine Menschenopfer, sondern nur ein kleines Haus. Sie ist demütig und droht uns nicht, sondern ihre Worte sind voll Trost und Mitleid."

Maria hatte zu Juan Diego in keinem gelehrten, herablassenden Kirchenlatein gesprochen, sondern in seiner Volkssprache; ihr Aussehen erinnert auch nicht an die gekrönten, europäischen Madonnenfiguren, sie gleicht stattdessen einer Indiofrau.

Das Wort „Guadalupe", der Titel, mit dem sich die Gottesmutter Juan Bernardino bei seiner Heilung vorgestellt hatte, mag für den Indio in seiner Eingeborenensprache wohl wie „coatlaxopeuh" geklungen haben, was bedeutet: „welche die Steinschlange zerstört, zertritt, vernichtet." So wurde dieser Name in Mexiko übernommen, der seiner Wortwurzel nach aus dem Arabischen stammt und soviel wie „Ströme des Lichtes" oder „fließendes Licht" bedeutet. Die Reaktion des mexikanischen Volkes war, dass es sich durch diese Erscheinung befreit fühlte und nach Zeiten der Resignation wieder das Feuer des Lebens in sich entdeckte.

Hier hat Maria etwas bewirkt, indem sie den Schwachen der Gesellschaft einen, durch Christus gegebenen Seinszustand offenbart, was uns als Umkehrung einer selbstauferlegten Struktur erscheint, deren Gefangene wir alle sind. Und damit setzt sie in die Herzen der Menschen das Gefühl einer Befreiung, die auch tatsächlich eine Änderung mit sich bringt. Eine Madonna, die eine gewaltfreie Revolution bis heute bringt; denn jährlich besuchen zwanzig Millionen Pilger die Basilika in Guadalupe, das größte Marienheiligtum der Welt. 1737 wird die Madonna von Guadalupe zur Patronin Mexikos proklamiert, 1910 zur Patronin beider Amerika.

Die Darstellung einer Gruppe Azteken, die auf dem Tepeyac-Hügel der Gottesmutter ihre Gaben darbringen und ihr Herz schenken. (Foto: Karl-Heinz Fleckenstein)

So ist das Bild Unsere Liebe Frau von Tepeyac zugleich alt und modern, mehrdeutig und verblüffend. Eine physische Realität und ein wissenschaftliches Rätsel, eine spirituelle Versöhnung und eine moderne Herausforderung.

Als wir am letzten Tag unseres Aufenthalts in Mexiko uns auf dem Laufband von Unserer Lieben Frau von Guadalupe verabschieden, grüßen wir sie als den „Stern der Evangelisation“, wie Papst Johannes Paul II. sie bezeichnet hat. War sie doch damals im Zeitalter der spanischen Konquistadoren die eigentliche Eroberin der Neuen Welt. Während noch vorher die Azteken die Herzen ihren Kinder aus dem Leib rissen und ihren grausamen Götzen opferten, weihen jetzt die Mexikaner ihre eigenen Herzen und die Herzen ihrer Kinder der Gottesmutter.

Um ein solches Herzenswunder bitten auch wir jetzt für die Menschen der irdischen Heimat der „Kleinen Frau von Nazareth“: Israel-Palästina. Auf dass die beiden dort lebenden Völker, Juden und Araber, durch das sichtbare und anziehende Zeichen ihrer liebevollen mütterlichen Gegenwart sich als Brüder und Schwestern erkennen und zueinander in Frieden und Eintracht finden mögen.

Damals rissen die Azteken ihren Kindern die Herzen aus dem Leib und opferten sie ihren grausamen Götzen, heute weihen die Mexikaner ihre Herzen und die Herzen ihrer Kinder der Gottesmutter.
(Foto: Karl-Heinz Fleckenstein)

DIE SEESCHLACHT VON LEPANTO

Knapp vierzig Jahre nach den Erscheinungen Unserer Lieben Frau von Guadalupe erreichte eine Nachbildung des Gnadenbildes den europäischen Kontinent. Erzbischof Montufar von Mexiko ließ sie im Jahre 1570 an den König von Spanien überbringen. Das Bild sollte schon bereits ein Jahr später, am 7. Oktober 1571 bei der entscheidenden Seeschlacht von Lepanto, im Süden Griechenlands, Geschichte machen.

Lange genug schon hatten die Türken das christliche Abendland bedroht. In blutigen Eroberungskämpfen fielen sie immer tiefer in Europa ein. Ihre Invasion schien unaufhaltsam. Wie lange würde es noch dauern, bis man die Christen zwangsmuslimisierte?

In dieser furchterregenden Überlegenheit der Feindesmacht und der Angst vor dem bevorstehenden Untergang schien als letzte Möglichkeit nur noch das Gebet als ein Schutzwall gegen den unaufhaltsamen Vormarsch des Islam. In der Tat rief Papst Pius V. zum Rosenkranzgebet auf und stellte die ganze Christenheit unter den besonderen Schutz Mariens. Gleichzeitig gelang es ihm mit seinem diplomatischen Geschick, die christlichen Fürsten zu einem Verteidigungsbündnis zu gewinnen. Während die Menschen weiterhin den Himmel bestürmten, bangten sie gleichzeitig um die kleine Flotte der Christen, die sich der zahlenmäßig weit überlegenen türkischen Seestreitmacht entgegenstellen musste. Der Admiral der christlichen Flotte, Giovanni Andrea Doria, bewahrte die erste Nachbildung Unserer Lieben Frau von Guadalupe wie einen kostbaren Schatz bei sich. Das ganze Unternehmen stellte er vertrauensvoll unter ihren mächtigen Schutz und ließ Rosenkränze verteilen. Auf allen Schiffen wurde gebetet, Priester spendeten die Sakramente und feierten Eucharistie.

Um 9.30 Uhr lässt Don Juan nach dem Flotten- Gottesdienst von Bord seines Flaggschiffs Real eine Signalkanone abfeuern. Ali Pascha, der türkische Befehlshaber antwortet von Bord seines Flaggschiffes Sultana in gleicher Weise. Daraufhin beginnt die Schlacht.

Nun treffen an jenem schicksalsschweren siebten Oktober die beiden ungleichen Truppen aufeinander. Die türkische Flotte formiert sich in der Schlachtordnung eines zweifachen, riesigen Halbmonds, die Christen in einer kreuzförmigen Aufstellung. Vom türkischen Flaggschiff flattert die Fahne in der grünen Farbe des Islam mit dem Namen Allah. Unter diesem Banner haben die Muslime Jahrhunderte lang immer Siege davon getragen. Auf der Flagge der „Heiligen Liga“ erkennt man ein großes Kreuz. Der Schlachtruf der Christen ist „Viva Maria”. Der Kommandant der türkischen Flotte gilt als ein genialer Stratege. Seine Soldaten taktieren klug und kämpfen mit zähem Siegeswillen.

Mit einem Mal sehen sich die Christen vom Feind eingekreist. Dazu scheinen sich auch noch die Kräfte der Natur gegen sie verschworen zu haben; denn es fehlt ihnen am notwendigen Rückenwind. Giovanni Andrea Dorias Schiff wird schnell ausmanövriert. Schon erleiden die Christen die ersten Verluste. Fast wollen sie schon aufgeben, sind sie doch hoffnungslos der muslimischen Streitmacht unterlegen. Da wirft sich in dieser ausweglosen Situation Giovanni Andrea Doria verzweifelt vor das Gnadenbild der Maria von Guadalupe. Auf den Knien fleht er sie Hände ringend um Hilfe an.

Was jetzt geschieht und nach menschlichem Ermessen unmöglich und aussichtslos erscheint, wird Wirklichkeit. Als der Kommandant wieder an Deck kommt, hat sich der Wind gedreht. Ein Sturm bricht los und fegt die türkischen Formationen auseinander. Nun können Giovanni Andrea Doria und seine Männer ihre Feuerkraft einsetzen.

Einer der damaligen Chronisten beschreibt die Schlacht so:

10.00 Uhr. Ein leichter Westwind kommt auf. Beide Nordflügel drängen vorwärts.

10.20 Uhr. Zwei Galeassen von dem christlichen Geschwader beziehen Stellung.

10.30 Uhr. Zwei weitere venezianische Galeassen eröffnen das Feuer. Bereits mit dem dritten Schuss versenken sie eine türkische Galeere. Ihre Feuerkraft schlägt tiefe Breschen in die feindliche Schlachtordnung. Im Zentrum des Kampfgeschehens kommen viele türkische Galeeren vom Kurs ab. Ihre Ruderer sind verwundet oder tot. Die Trommeln, die ihnen den Takt angaben, sind verstummt.

10.40 Uhr. Die Geschwader am Nordflügel prallen aufeinander. Die Galeeren verhakten sich gegenseitig.

11.00 Uhr. Fünf türkische Galeeren kreisen das venezianische Flaggschiff ein. Mit Krummsäbeln und Spießen bewaffnet entern feindliche Elitekrieger das Flaggschiff der Republik San Marco. Admiral Agostino Barbarigo, der das Visier seines Helms geöffnet hat, um sich besser Gehör zu verschaffen, wird von einem türkischen Pfeil im rechten Auge getroffen und tödlich verletzt. Die Türken verstärken ihren Sturm auf die Galeere. Nur mit letzter Anstrengung können die Venezianer ihr Schiff halten, bis ihnen eine Galeere aus dem Reservegeschwader zu Hilfe kommt. Der Kampf tobt erbittert weiter. Endlich gelingt es der „Liga“, allmählich die türkischen Galeeren gegen die nahen Klippen zu drängen. Viele Muslime springen von Bord und versuchen, schwimmend das Land zu erreichen.

Zur gleichen Zeit gibt Ali Pascha den Befehl, mit der Sultana direkten Kurs auf Don Juans Flaggschiff zu nehmen. Im Pfeilhagel der Bogenschützen und im Krachen der Brandbomben prallen die beiden Schiffe aufeinander. Die Elitetruppe des Sultans kämpft an vorderster Front gegen die Leibtruppe Don Juans. Don Juan schlägt mit dem Schwert die an Bord drängenden Türken zurück. Dabei wird er am Bein verletzt. Hunderte Kämpfer schlagen mit Schwertern und Säbeln in einem blutigen Nahkampf gegeneinander. Endlich gelingt es den Spaniern, die Türken zurückzudrängen und sie entern die Sultana. Ali Pascha wird von einer Kugel in die Stirn getroffen. Beim Anblick ihres tödlich verwundeten Admirals erlahmt noch mehr der Widerstandswille seiner Soldaten.

13.20 Uhr. Alle türkischen Galeeren sind erobert oder versenkt. Unzählige Soldaten des Sultans sind gefallen. Nach fünfeinhalb Stunden Kampf ist die Schlacht für die „Heilige Liga“ siegreich beendet. Die Türken setzen 30 ihrer Schiffe selbst auf Grund, über 60 weitere werden versenkt. Der Nimbus der Unbesiegbarkeit der osmanischen Mittelmeerflotte ist gebrochen.

Die Seeschlacht von Lepanto endete mit dem wunderbaren Sieg der Schlangenzertreterin. Das Flaggschiff des Admirals Giovanni Andrea Doria blieb als einziges total unversehrt. In seiner Kabine befand sich das Gnadenbild Unserer Lieben Frau von Guadalupe. Mit unbeschreiblichem Jubel wurde die Nachricht von der Niederlage der Türken in der ganzen christlichen Welt aufgenommen. Der Papst führte den 7. Oktober als neuen Festtag ein: „Unserer Lieben Frau vom Sieg.“

Giovanni Andrea Doria bittet vor der Schlacht von Lepanto um den Segen der Kirche. (Foto:Karl-Heinz Fleckenstein)

DIE WISSENSCHAFTLER STEHEN VOR EINEM RÄTSEL

Seit der Erscheinung unser Lieben Frau von Guadalupe im Jahre 1531 ist die Tilma von Juan Diego nun fast 500 Jahre alt. Normalerweise vermodert ein solches Gewebe schon nach 20 Jahren.

Die Tatsache, das es immer noch vollkommen erhalten ist und andere rätselhafte Fakten an dem Tuch rief in neuester Zeit namhafte Wissenschaftler auf den Plan. Sie begannen, den Umhang mit den modernsten Methoden zu untersuchen. Dieser Mantel besteht aus einem 55 Zentimeter breiten und 1,43 Meter langen grob gewebten Stoff aus schnell verderblichen Agavenfasern.

Aus den Fasern dieser Kaktuspflanze war die Tilma von Juan Diego hergestellt.
(Foto: Louisa Fleckenstein)

Ein allgemein übliches Obergewand der Azteken, vorn wie eine lange Schürze getragen oder um die Schultern gehängt. Professor Callahan und Professor Jody Smith untersuchen 1979 die Tilma mit Infrarottechniken und bestätigen die übernatürliche Herkunft des wundersamen Bildes. Die Fotofirma KODAK untersucht 1963 die Tilma und vergleicht die Darstellung mit einem Foto.

1936 erhält Professor Richard Kuhn Proben der originalen Tilma zur Untersuchung. Er kann keine Farben nachweisen und schließt deshalb ein Gemälde aus.

1946 beweisen mikroskopische Untersuchungen des Tilma-Bildes, dass keinerlei Farbspuren zu finden sind. Es kann kein Gemälde sein. Es gibt keine Pinselstriche oder Untermalungen, keine Grundierung, keine Leimung. Dies macht es unmöglich, auf der Oberfläche des groben Stoffes zu malen. Die Farbe ist weder tierisch, pflanzlich noch mineralisch und ist nicht von den Fäden des Gewebes zu trennen. Das Malmaterial ist bis heute unbekannt. Das Bild wirkt wie ein Bildteppich, weil die Farben eingewebt sind. Kombination verschiedener Maltechniken: Öl, Tempera, Wasserfarbe und Fresko. Unebenheiten auf dem Gewebe sind gezielt ausgenutzt, um dem Gesicht Tiefe zu geben.

– Rätselhaft: Die Bildseite auf der Tilma ist merkwürdig geglättet, glänzend weiß und weich unter dem Bild. Forscher haben keine Erklärung für die zwei unterschiedlichen Materialseiten.

– Lichtbrechung: Bei der Untersuchung 1979 durch Smith und Callahan wird festgestellt: Die Farben verhalten sich wie Farben auf Vogelfedern, Schmetterlings- oder Käferflügeln: sie verändern sich beim Betrachten aus verschiedenen Blickwinkeln

– Einseitige Durchsichtigkeit: Das Bild auf der Vorderseite kann deutlich durchscheinend von hinten gesehen werden.

– Infrarotdurchlässigkeit: Die rosa Farbe auf dem Bild ist – entgegen der allgemein vorkommenden Undurchlässigkeit der rosa Farbpigmente – infrarotdurchlässig.

– Umkehreffekt: Aus der Entfernung erscheint das Bild größer, scheint beim Näherkommen zu „schrumpfen". Gesicht und andere Details sind nicht aus der Nähe, sondern erst aus einigen Metern Entfernung deutlich zu erkennen.

Die Farben sind bis heute leuchtend frisch und farbvoll, im Gegenteil zu den Hinzufügungen und Änderungen. Das Bild widerstand den Witterungseinflüssen einer mit Salpeterpartikeln und Feuchtigkeit geladenen Atmosphäre in Nähe des Texcoco-Sees.

Während der ersten 116 Jahre befand sich das Bild nicht hinter Glas. Kapellen und Kirchen waren damals ohne Fensterglas. Das Bild widerstand dem Russ und Qualm von Millionen von Kerzen und Weihrauch.

Nebenstehendes Bild:
„Unsere Liebe Frau von Guadalupe", damals eine Botschaft für die Azteken, heute eine Botschaft für die ganze Welt. (Foto: Rosamaria Reynoso)

Besonders der Rauch von Wachskerzen wirkt bekanntlich zerstörerisch, da er zersetzende Kohlenwasserstoffe und Russ enthält. Der Russ der ersten 116 glaslosen Jahre hätte das Bild bis zur Unkenntlichkeit schwärzen müssen. Das Bild widerstand dem ultravioletten Licht der Kerzen.

Smith und Callahan, die Lichtmessungen durchführten, stellten fest: die über 450 Jahre andauernde ständige Bestrahlung hätte die Farben längst zerstören müssen. Zu starkes ultraviolettes Licht bleicht die meisten Farben aus, seien sie organisch oder anorganisch. Vor allem blaue Farben verblassen. Mit den noch immer unidentifizierten Tilmabildfarben passiert dies offensichtlich nicht. Das Bild widerstand den Verschmutzungen durch Pilger: Schweiß und Schmutz an Händen, Tränen, Speichel. Die Tilma wurde buchstäblich von Millionen frommer Pilger berührt und geküsst, von Kranken auf ihren Körper gelegt, Schmuckstücke, persönliche Gegenstände und Waffen wurden an ihr gerieben – selbst noch nach Anbringung des Schutzglases wurde das Bild immer wieder für Pilger und Wissenschaftler herausgenommen und berührt.

Das Bild widerstand einem Säureunfall: 1791 goss aus Versehen ein Kirchendiener beim Reinigen des Rahmens eine Flasche Salpetersäure über die Tilma. Überraschenderweise, ohne Schaden auf dem Bild anzurichten. Am 14. November 1921 explodierte eine Bombe unmittelbar vor der Tilma von Guadalupe in der Basilika. Alles rings umher ging zu Bruch, aber die Tilma blieb auf wundersame Weise vollkommen unversehrt.

Bei einer exakten Untersuchung der Augen der Madonna auf der Tilma findet 1951 Carlos Salinas Chavas dort Bilder, die sich darin spiegeln. Die Augenärzte Bueno und Lavoignet weisen 1956 Verzerrungen und Lichtreflexe in den Augen der Madonna-Abbildung nach, die einem menschlichen Auge entsprechen. 1958 entdeckt man in den Augen der Figur auf der Tilma den Parkinje-Sanson-Effekt: ein gesehenes Objekt wird in beiden Augen eines Menschen reflektiert, und zwar an drei verschiedenen Stellen, verursacht durch die Krümmung der Hornhaut. Genau dies aber findet sich auch in den Augen der Figur auf dem Tilmabild.

Nach einer modernsten Computerbildanalyse widerspiegelt sich in den Augen folgende Szene: Ein sitzender Indio, die Gesichter von möglicherweise Bischof Zumárraga und Dolmetscher Gonzales, Juan Diego, seine Tilma öffnend, die Büste einer Frau und ein bärtiger Spanier. In der Mitte eine Eingeborenengruppe mit Kind. Durch experimentelle Fotoversuche liefert der Augenarzt Dr. Charles J. Wahlig den Beweis, dass sich solche Bilder im menschlichen Auge spiegeln können.

1991 glauben Augenärzte am Rand des Augenliedes der Tilma-Darstellung Arterien zu erkennen.
Die Jungfrau von Guadalupe hat sieben typische Schleifen über ihrem Schoß, die alle Azteken sofort zu deuten wussten: Diese Frau ist in Erwartung.

Um das zu bestätigen, wurde 1991 die mexikanische Bischofskonferenz gebeten, ein Phonogramm, eine Geburtshilfeuntersuchung zur Aufzeichnung der Herztöne eines Ungeborenen, am Bild vornehmen zu lassen. 1995 machte Pater Mario Rojas, Professor der päpstlichen Universität Mexikos, daraufhin mit Hilfe der Herztonuntersuchung die unglaubliche Entdeckung: Auf dem Bild waren im Bereich des Schoßes Mariens eindeutig Herztöne hörbar. Zudem zeigten Videoaufnahmen des Regisseurs John Bird an derselben Stelle Bewegungen wie bei einer Frau im letzten Schwangerschaftsstadium.

Nach dieser revolutionären Entdeckung untersuchte der bekannte Gynäkologe Dr. Carlos Fernandez del Castillo im Auftrag Prof. Rojas erneut das Bild auf der Tilma. Dabei konnte er in einem abschließenden Gutachten die bereits vorliegenden Befunde bestätigen. Demnach erwartet die Frau auf dem Guadalupebild eindeutig ein Kind, das mit dem Kopf nach unten in sogenannter linker Position in ihrem Schoß liegt.

Am 19. September 1985 wurde Mexiko-Stadt von einem verheerenden Erdbeben heimgesucht, das bis zu 30.000 Todesopfer forderte. Trotzt beträchtlicher Schäden von rund vier Milliarden Dollar blieb das Heiligtum auf dem Tepeyac und die Tilma unbeschädigt.

Am 24. April 2007 wurde in Mexico-Stadt die Abtreibung bis zur zwölften Schwanger_ schaftswoche legalisiert. Am gleichen Tag beobachteten Gläubige ein ungewöhnliches Leuchten auf dem Schoß der Muttergottes von Guadalupe. Während viele Menschen Fotos von der Tilma machten, während sie auf dem Laufband vorbeifuhren, verblasste das Bild der Jungfrau und machte einem intensiven Licht Platz, das von ihrem Unterleib ausstrahlte und einen blendenden Lichtschein in Form eines Embryos bildete.

Ein Fotograf hat das Bild untersucht und festgestellt, dass es sich um keine Fälschung handeln kann. Durch eine Zentrierung und eine beträchtliche Vergrößerung war es möglich, die Position des Lichtes wahrzunehmen, das wirklich aus dem Unterleib der Heiligen Jungfrau kam und keine Reflektion und kein Gegenstand ist. Das entstandene Licht war sehr weiß, rein und intensiv, anders als das gewöhnliche fotographische Licht, das durch Blitzlicht erzeugt wird. Das Licht war von einem Schein umgeben und hatte die Form und die Maße eines Embryos. Heute gilt das Bild als ein wesentliches Symbol für den Schutz des ungeborenen Lebens.

EIN PROTESTANTISCHER THEOLOGIE-PROFESSOR WIRD MARIOLOGE

Professor Dr. Ed Sylvest lehrte 38 Jahren lang als Professor für Kirchengeschichte an der „Perkins School of Theology, Southern Methodist University in Dallas (USA)". Er ist wohl der einzige Mariologe im protestantischen Bereich. Sein besonderes Interesse gilt dem interreligiösen Dialog, um besser zu verstehen, auf welche Weise sich Gott der Menschheitsfamilie offenbart hat.

Meine Frau Louisa und ich begegneten dem emeritierten Professor in Dallas, wo er heute mit seiner Gattin Compton lebt. Als Dr. Sylvest von seiner Entdeckung „Unserer Lieben Frau" zu erzählen begann, hatten wir den Eindruck, als würden wir uns schon ewig lange kennen.

Während unseres Gesprächs mit Professor Ed Sylvest (links im Bild) über Unsere Liebe Frau von Guadalupe. (Foto: Marilyn King)

Als Sohn eines protestantischen Predigers hörte Ed von frühester Kindheit an von Gott als dem Schöpfer aller Dinge und von Jesus, dem Erlöser der Menschheit. „Doch die Predigten meines Vaters, sei es zu Hause oder in der Kirche, gingen bei mir in ein Ohr hinein und beim anderen wieder heraus", gesteht Ed ganz ehrlich.

Während seines Studentenlebens versuchte er, den Glauben mehr von der intellektuellen Seite herzu verstehen. „Dabei entfernte ich mich mehr und mehr davon. Außerdem sagte mir jetzt niemand mehr, ich solle zur Kirche gehen. Also nahm ich total Abstand davon. In dieser Zeit habe ich zwar nichts Schlimmes angestellt, aber gleichzeitig machte ich Dinge, die meine Eltern nicht gut geheißen hätten. In mir machte sich eher das Gefühl breit, ich sei gar nicht würdig, ein Mitglied der Kirche zu sein. Nicht recht zu wissen, was ich mit meinem Leben anfangen wollte, fühlte ich mich verunsichert. So entschloss ich mich zu einem Studienprogramm der US-Streitkräfte zur Ausbildung von Offizieren. Wir lebten in einer Militärbaracke. Jemand hatte ein Poster mit dem LSU-Maskottchen, dem Tiger Mike, an die Wand geklebt. Manchmal kam ich mir selbst wie dieser Tiger vor. Ich lief unzufrieden in meinem Käfig hin und her und stöhnte vor mich hin."

Eine Tages verließ Ed sein Zimmer und wie von einer inneren Kraft getrieben rannte er über den Campus zum Wesley Methodisten-Studenten-Zentrum. „Das war der Tag meiner Versöhnung mit der Kirche. Ich spürte: der Herr hatte mich gerufen. Nach dem Abschluss meines Studiums an der Louisiana State University bewarb ich mich an der Southern Methodist School of Theology in Dallas."

1962 wurde Ed Sylvest zum Pastor ordiniert, wo er dann in Baton Rouge, Louisiana, als Seelsorger tätig war. Da er sich doch mehr für die Lehrtätigkeit hingezogen fühlte, schickte ihn sein Bischof zurück an die Hochschule, um an seiner Doktorarbeit in religiösen Studien zu arbeiten. In den folgenden Jahren war er verantwortlich für die Ausbildung der Theologiestudenten seiner Kirche. Während eines ökumenisch-theologischen Seminars für praktische Theologie traf er Pater John. „Ich persönlich glaube, es war die Mutter Maria, die uns zusammengebracht hat", erklärt Sylvest schmunzelnd.

Eines Tages erwähnte Ed vor seinen Studenten, der heilige Franziskus sei schon immer ein wichtiges Vorbild für ihn gewesen war. Deshalb habe er sich zu einer Wallfahrt nach Assisi entschlossen. „Also rief ich meinen Freund Pater John an. „Natürlich werde ich sie in Rom am Flughafen abholen", war die prompte Antwort. „In der Tat führte mich Pater John zu den wichtigsten Stationen im Leben des Franz von Assisi", erzählt Ed weiter. „So wurde das Band unserer Freundschaft noch enger geknüpft."

Beim Abschied äußerte der Methodisten-Professor den Wunsch, er würde auch gerne einmal Lourdes besuchen. „Kein Problem“, antwortete Pater John. „Morgen werde ich für Sie gleich ein Bahnticket besorgen.“

“Die Prozessionen, die Krankensegnung und die Liturgien in Lourdes haben mich sehr tief beeindruckt“, erinnert sich Ed. „Da ich schon einmal in Europa war, machte ich auch noch einen Abstecher nach Fatima. Ich wusste selbst nicht genau warum, aber ich hatte das Gefühl, als würde eine innere Kraft mich dort hin ziehen.“

„Ist es nicht außergewöhnlich, dass ein protestantischer Pfarrer und Seminarlehrer sich nach Lourdes und Fatima hin gezogen fühlt?“ drängte sich uns jetzt die Frage auf.

Mit einem vielsagenden Lächeln begann Ed zu erklären: „Während ich als junger Wissenschaftler in den sechziger Jahren an meiner Doktorarbeit schrieb, wurde ich zu einem Kongress für mexikanische Landarbeiter eingeladen. Unsere Lieben Frau von Guadalupe war dort überall präsent. In jeder Straße, in jedem Haus, in jedem Restaurant. Wie ein Banner. Bei dieser Gelegenheit wurde ich gebeten, in Mexiko-Stadt in der Nähe von Tepeac, eine Vorlesung zu halten. Allmählich begann ich die Bedeutung von Maria zu erahnen, zunächst als Gelehrter, ohne recht zu wissen, wer sie eigentlich war. Doch nach und nach verwandelt sich mein Wissensdurst zu einer persönlichen Beziehung mit ihr.

Diese Beziehung wurde noch stärker, als 1992 ein Bibliothekar aus Dallas die Frage an mich heran trug, ob ich bereit wäre, mich als Kurator für eine Ausstellung Unserer Lieben Frau von Guadalupe zu engagieren. Mit Freude gab ich mein Ja dazu. Für diese Expo brachten wir sehr wertvolles Material zusammen, darunter das älteste Exemplar der „Nican Mopohua“ aus der New York Public Library. Es ist der erste schriftliche Bericht über die Erscheinungen Unserer Lieben Frau von Guadalupe. Nach der Tradition wurde er direkt von Juan Diego diktiert.“

Wir glaubten fast, unseren Ohren nicht trauen zu können. Ein protestantischer Theologe organisierte eine Ausstellung über Maria von Guadalupe? Für wen eigentlich?

Ed bricht in ein herzhaftes Lachen aus. „Sie haben schon recht gehört. Die Ausstellung war in erster Linie für unsere theologische Hochschule gedacht, aber auch für alle Christen von Dallas. Sie werden es nicht glauben, die Resonanz war enorm hoch, besonders bei den Katholiken. Diese Tatsache ermutigte mich, einen Ausstellungskatalog dem Papst zu schenken, auch wenn ich ihn wahrscheinlich persönlich nicht treffen würde.

Ich sprach mit Pater John darüber. „Komm“, sage der, „wir wollen es versuchen.“ So marschierten wir mit meinem Buch in der Hand an der Schweizer Garde vorbei direkt ins Staatssekretariat des Vatikans. Ein Mann kam mit einem großen Umschlag auf uns zu. Ich schrieb meine Widmung für den Papst in das Buch, steckte es in den Umschlag und gab ihn dem Mann zurück. Ein paar Wochen später hielt ich einen persönlichen Dankesbrief des Heiligen Vaters in Händen.“

Es war wiederum Pater John, der Ed zu einer Pilgerfahrt nach Medjugorje eingeladen hatte. Als die Gläubigen während der Eucharistiefeier zum Empfang des Sakraments zur Kommunionbank schritten, schloss sich auch Ed ihnen an mit verschränkten Armen über der Brust als Zeichen dafür, dass er kein Katholik war, aber um einen Segen bat. Pater Tim, der Hauptzelebrant, zeichnete ihm ein Kreuzzeichen auf die Stirn.

Nach der Liturgie erklärte Ed: „Es schien mir, als würden die Bande unserer Gemeinschaft gestärkt. Mehrere Pilger versicherten mir, sie wären für mich zur Kommunion gegangen. Das bedeutete mir sehr viel. Ich war für sie als Methodist nicht mehr wie ein seltsamer Vogel. Die gleiche Gastfreundschaft erlebte ich auch bei den Dorfbewohnern von Medjugorje.

Den Höhepunkt unserer Reise erlebten wir am letzten Tag durch eine Begegnung mit der Visionärin Mirjana, nebenan im Haus ihrer Mutter, wo die Erscheinung stattfinden sollte.

Ich war sichtlich aufgeregt, obwohl ich nicht wusste, was mich erwartete. Ein Priester aus Italien betete mit uns in englischer und italienischer Sprache den Rosenkranz in Erwartung der Erscheinung Mariens. Mir war, als wären wir mit Maria und den Aposteln wie damals im Abendmahlsaal beisammen, um das Kommen des Heiligen Geistes zu erwarten. Auch Mirjana betete mit uns. Dann wurde es im Raum absolut still. Ich war in einer Position, wo ich Mirjanas Gesicht sehen konnte und erkannte, dass sie sich in Ekstase befand. Ich war tief bewegt.

Dann hörte ich die Worte direkt an mich gerichtet: ‚Ed, du bist nicht gekommen, um Mirjana zu beobachten. Du kamst, um mich zu sehen.’ Ich schloss meine Augen und ein wundervoller Rosenduft umgab mich. Ich sah die heilige Mutter vor mir stehen und ihre rechte Hand ausgestreckt. Sie sprach weiter zu mir: ‚Du bist mein geliebtes Kind. Komm zu mir, bleib bei mir, hör mir zu, folge mir nach. Ich werde dich nach Hause führen.’ Ich hatte total das Gefühl für Zeit verloren. Hier war eine Mutter, die mir ihre Liebe schenkte.“

Als Ed von Medjugorje zurück kam, waren seine Studenten wissbegierig, wie es ihm ergangen sei. Eigentlich wollte er seine Erfahrung mit Maria ganz persönlich für sich behalten. Das war ja immerhin ein protestantisches Seminar. „So gab ich ihnen einen kurzen, zehnminütigen Überblick über meine Reise“, fährt er fort. „Da hob eine Studentin die Hand. ‚Sie haben uns nicht alles über Medjugorje gesagt.’ Oh, oh, dachte ich, sie hat recht. Ich wusste jetzt wirklich nicht, was ich tun sollte.

Ich hatte nach meiner Rückkehr von meiner Begegnung mit Maria nur meiner Frau Compton unter Tränen erzählt. Wenn ich jetzt wieder weinerlich würde, was wäre die Reaktion darauf? Wie konnte ich nur die Frage der Studentin umgehen? Ich betete zu meiner heiligen Mutter, mir zu helfen.

Plötzlich fühlte ich eine große, innere Ruhe. Ich war sicher, Maria würde mich führen. Ich wusste, sie war jetzt neben mir. So begann ich einfach zu erzählen, was mir passiert war. Dabei wurde ich wieder sehr emotional und ich konnte die Tränen nicht zurück halten. Während ich sprach, hatte ich jeden Blickkontakt mit den Studenten vermieden. Als ich fertig war, sah ich mich im Vorlesungssaal um und merkte, dass die meisten, wenn nicht alle, auch weinten.“

Von da an hielt Dr. Sylvester einen Vorlesungszyklus über »Maria in der christlichen Tradition«. „Ich war wohl der einzige Professor mit einem solchen Thema an einem protestantischen Seminar“, fügt er lachend hinzu. „Ich muss Ihnen ehrlich gestehen, im Laufe der Jahre habe ich eine wichtige Entdeckung gemacht: Menschen, die sich Maria geweiht haben, finden eine tiefe Beziehung zu ihrem Sohn. Genau das ist auch meine Erfahrung. Und dafür bin ich der Mutter Maria von ganzem Herzen dankbar.“

GUADALUPE UND DIE PÄPSTE

Am 2. Juli 1537 betonte Papst Paul II. dass die Ureinwohner der Neuen Welt eine Menschenwürde besitzen und imstande sind, den katholischen Glauben und die Sakramente zu empfangen.

Im Jahre 1576 erteilte Papst Gregor XIII. den Pilgern zum Heiligtum einen vollkommenen Ablass.

Papst Benedikt XIV. erklärte am 12. Dezember 1754 die „Liebe Frau von Guadalupe" zur Patronin Mexikos.

Am 12. Oktober 1895 ließ Leo XIII. die Tilma von Guadalupe offiziell krönen und damit zur Königin von Lateinamerika erklären.

Neben diesen Päpsten haben die Nachfolger Petri des 20. Jahrhunderts die Jungfrau von Guadalupe in besonderer Weise geehrt:

Am 12. Dezember 1933, am Feiertag der Jungfrau von Guadalupe, wiederholte Pius XI. im Vatikan die Ernennung der Jungfrau zur Patronin Latainamerikas.

Am 2. Oktober 1945 feierte Pius XII. in einer Radioübertragung an das Volk Mexikos den 50. Jahrestag der Krönung der Tilma von Guadalupe.

Johannes XXIII. rief ihr zu Ehren vom 12.12.1960 bis zum 12.12.1961 ein „Marianisches Jahr" aus und pries sie als „Die Mutter beider Amerika" und als „Missionarin der Neuen Welt".

Am 31. Mai 1966 schickte Paul VI. der Tilma von Guadalupe die goldene Rose des Vatikans.

Beim Verlesen des päpstlichen Dekrets zeigte sich in der Mitte des Gemäldes ein strömendes Licht, das den Kranken und den Schoß der Gottesmutter wie helle Sonnenstrahlen bedeckte.
(Foto: Rosamaria Reynoso)

Als erster Papst in der Kirchengeschichte besuchte der damals neu gewählte Papst Johannes Paul II. am 27. Januar 1979 während seiner ersten Auslandsreise das Heiligtum von Guadalupe. Zu diesem Anlass stellte der Heilige Vater sein Pontifikat unter den Schutz der Gottesmutter, weihte ihr Nord- und Südamerika und verfasste zur Erinnerung an dieses denkwürdige Ereignis eigens ein Weihegebet:

„O unbefleckte jungfräuliche Mutter des wahren Gottes und Mutter der Kirche! Du, die Du von dieser Stätte aus Deine Güte und Dein Erbarmen für alle kundtust, die um Deinen Schutz bitten, höre das Gebet, das wir mit kindlichem Vertrauen an Dich richten. Mutter der Barmherzigkeit, Lehrerin des verborgenen und stillen Opfers, Dir, die Du gekommen bist, um uns Sünder zu besuchen, weihen wir an diesem Tag unser ganzes Sein und unsere ganze Liebe. Wir weihen Dir auch unser Leben, unsere Arbeit, unsere Freuden, unsere Gebrechen und unsere Sorgen ... Wir möchten ganz Dein eigen sein und zusammen mit Dir den Weg des vollkommenen Glaubens an Jesus Christus in seiner Kirche gehen. Halte uns immer an Deiner liebenden Hand. Jungfrau von Guadalupe, Mutter beider Amerika ... blicke auf diese unermessliche Ernte und bitte den Herrn, dass er dem ganzen Gottesvolk Heiligkeit eingeben möge“.

Am 16. Dezember 1979 wurde ein Bild “Unsere Liebe Frau von Guadalupe – Heil der Kranken”, das die Heilung Juan Bernardinos durch die Gottesmutter darstellt, im Auftrag von Papst Johannes Paul II. in einer feierlichen Zeremonie vom päpstlichen Delegaten im Beisein des Primas von Mexiko, Kardinal Ernesto Ahumada, gekrönt. Während der feierlichen Seligsprechungszeremonie von Juan Diego stellte er diesen bescheidenen Laienapostel besonders den einfachen Gläubigen als Vorbild der Demut und des einfachen Glaubens vor Augen.

Als das päpstliche Dekret verlesen wurde, geschah etwas ganz Unerklärliches: Plötzlich zeigte sich in der Mitte des Gemäldes ein strömendes Licht, das den Kranken und den Schoß der Gottesmutter wie helle Sonnenstrahlen bedeckte. Dieses außergewöhnliche Phänomen hielt bis zum Schluss der Verlesung des päpstlichen Schreibens an und wurde fotografiert. Bemerkenswert ist in diesem Zusammenhang auch die Tatsache, dass Maria am 12. Dezember 1531 bei Juan Bernardino ihren Namen offenbarte, der im Arabischen soviel wie „strömendes Licht“ bedeutet.

Am 6. Mai 1990 besucht Johannes Paul II. erneut die Jungfrau von Guadalupe. Juan Diego wird zur Freude des Volkes selig gesprochen.

Bei der Heiligsprechung von Juan Diego Cuauhtlatoatzin am 31. Juli 2002 in der neuen Basilika von Guadalupe, der größten Kirche der Welt mit 22.000 Plätzen, stellte Johannes Paul II. folgende Worte aus dem Matthäus-Evangelium an den Anfang seiner Ansprache:

„Ich preise dich, Vater, Herr des Himmels und der Erde, weil du all das den Weisen und Klugen verborgen, den Unmündigen aber offenbart hast. Ja, Vater, so hat es dir gefallen" (Mt 11, 25 –26). Dann fuhr der Papst fort: „Diese Worte Jesu im heutigen Evangelium stellen für uns eine besondere Einladung dar, Gott zu loben und ihm zu danken für das Geschenk des ersten heiligen Indios des amerikanischen Kontinents. Mit großer Freude bin ich zu dieser Basilika von Guadalupe, dem Marianischen Herzen Mexikos und Amerikas gepilgert, um die Heiligkeit von Juan Diego Cuauhtlatoatzin zu verkünden, des einfachen und demütigen Indios, der das milde und reine Gesicht der Jungfrau von Tepeyac, die der Bevölkerung Mexikos so sehr am Herzen liegt, betrachtete...

Wie war Juan Diego? Warum richtete Gott seinen Blick auf ihn? Das Buch Jesus Sirach lehrt uns folgendes: ‚Groß ist die Macht Gottes, und von den Demütigen wird er verherrlicht' (Sir 3, 20). Auch die Worte des heiligen Paulus erhellen diese göttliche Art des heilbringenden Wirkens: ‚Das Niedrige in der Welt und das Verachtete hat Gott erwählt: das, was nichts ist, um das, was etwas ist, zu vernichten, damit kein Mensch sich rühmen kann vor Gott' (1 Kor 1, 28 –29).

Es ist bewegend, die Erzählungen von Guadalupe zu lesen, denn sie sind mit großem Feingefühl geschrieben und voller Empfindsamkeit. In ihnen offenbart sich die Jungfrau Maria, die Magd, die ‚den Herrn preist' (vgl. Lk 1, 46), dem Juan Diego als Mutter des wahren Gottes. Als Zeichen schenkt sie ihm einige kostbare Rosen:
Als er sie seinem Bischof zeigt, entdeckt er auf seinem Mantel das gesegnete Bildnis Unserer Lieben Frau.

Das Ereignis von Guadalupe bedeutete den Beginn der Evangelisierung mit einer Vitalität, die alle Erwartungen übertraf. Die Botschaft Christi, durch seine Mutter übermittelt, nahm die zentralen Elemente der einheimischen Kultur auf, reinigte sie und gab ihnen ihre endgültige Heilsbedeutung. Deshalb besitzen Guadalupe und Juan Diego einen tiefen kirchlichen und missionarischen Sinn; sie sind das Vorbild einer auf vollkommene Weise inkulturierten Evangelisierung. ‚Der Herr blickt herab vom Himmel, er sieht auf alle Menschen' (Ps 33, 13), haben wir mit dem Psalmisten gebetet und damit aufs neue unseren Glauben an Gott bekannt, der keinen Unterschied hinsichtlich Rasse oder Kultur macht. Juan Diego nahm die christliche Botschaft an, ohne dabei seine Identität als Ureinwohner aufzugeben; so entdeckte er die tiefe Wahrheit der neuen Menschheit, in der alle dazu berufen sind, Kinder Gottes zu sein. Auf diese Weise erleichterte er die fruchtbringende Begegnung zwischen zwei Welten und wurde zu einem Protagonisten der neuen mexikanischen Identität. Diese steht in ganz enger Verbindung zur Jungfrau von Guadalupe, deren mestizisches Gesicht ihre geistige Mutterschaft zum Ausdruck bringt, die alle Mexikaner einschließt. Daher muss sein Lebenszeugnis auch in Zukunft dem Aufbau der mexikanischen Nation Kraft schenken, die Brüderlichkeit unter allen ihren Söhnen und Töchtern fördern und die Versöhnung Mexikos mit seinen Ursprüngen, seinen Werten und seinen Traditionen immer weiter voranbringen.

Diese edle Aufgabe, nämlich der Aufbau eines besseren, gerechteren und solidarischeren Mexiko, erfordert die Mitarbeit eines jeden. Insbesondere ist es heute nötig, die Ureinwohner in ihren berechtigten Ansprüchen zu unterstützen, indem die wahren Werte jeder ethnischen Gruppe geachtet und verteidigt werden. Mexiko braucht seine Ureinwohner, und die Ureinwohner brauchen Mexiko...

Seliger Juan Diego, guter und christlicher Indio, den das einfache Volk immer als wahren Heiligen angesehen hat, wir bitten dich..., segne die Familien, unterstütze die Brautleute in ihrer Ehe, stehe den Eltern in ihren Bemühungen um die christliche Erziehung ihrer Kinder bei. Schau gütig auf den Schmerz der Menschen, die an Leib und Seele leiden oder die von Armut, Einsamkeit, Ausgrenzung oder mangelnder Bildung betroffen sind. Alle, Regierende und Volk, mögen stets gemäß den Anforderungen der Gerechtigkeit und der Achtung der Würde jedes Menschen handeln, damit auf diese Weise der wahre Friede gefestigt werde.

Geliebter Juan Diego, ‚sprechender Adler'! Zeig uns den Weg, der zur ‚Virgen Morena del Tepeyac' führt: Sie möge uns im Innersten ihres Herzens aufnehmen, denn sie ist die liebevolle und mitfühlende Mutter, die uns bis zum wahren Gott geleitet".

Bei seinem Besuch am 6. Mai 1990 stellte Johannes Paul II. ganz Mexiko erneut unter den Schutz der Jungfrau von Guadalupe, die er als „Stern der Evangelisation für damals und heute" bezeichnete.

Auch Papst Benedikt XVI. vertraut auf die Hilfe Unserer Lieben Frau von Guadalupe. Als die frühere kolumbianische Präsidentschaftskandidatin Ingrid Betancourt nach fast sechseinhalb Jahren Geiselhaft ohne Blutvergießen aus der Gewalt linker FARC-Rebellen befreit wurde, empfing der Papst Ingrid Betancourt im Vatikan. Schon vor der Freilassung hatte Betancourts Mutter Yolanda Pulecio nach einer Generalaudienz Benedikt XVI. um sein Gebet für ihre Tochter gebeten. Der Papst hatte oftmals zur Freilassung der Geiseln aufgerufen. Ingrid Betancourt schrieb ihre Rettung aus der Hand der Rebellen am Fest Maria Heimsuchung der Fürsprache Unserer Lieben Frau von Guadalupe zu: „Ich bin sicher, dass sie da war, um uns zu helfen. Ich habe jeden Morgen nach dem Aufstehen den Rosenkranz gebetet." Am linken Handgelenk trug Betancourt während der Befreiungsaktion einen selbstgeknüpften Rosenkranz. „Fast sieben Jahre habe ich auf diesen Moment gewartet. Im Dschungel habe ich vor Schmerzen geweint, heute weine ich vor Freude."

Die Politikerin stammt aus einer tiefgläubigen Familie. Schon vor ihrer Rettung hatte ihre Schwester Astrid Betancourt erklärt: „Ingrid und unsere gesamte Familie vertrauen auf die Gottesmutter. Wir geben die Hoffnung nicht auf."

Bei der 200-Jahr-Feier der Unabhängigkeit der Länder Lateinamerikas und der Karibik sprach Benedikt XVI. am 12. Dezember 2011 im Petersdom vor diplomatischen Delegationen, lateinamerikanischen Bischöfen, Ordensleuten und Gruppen von Pilgern über Unsere Liebe Frau von Guadalupe: „Mit Freude feiern wir das Fest Unserer Lieben Frau von Guadalupe, Mutter und Stern der Evangelisierung in Amerika. Ich habe auch all jene vor Augen, die sich uns im Geist anschließen und mit uns zu Gott für die verschiedenen Länder Lateinamerikas und der Karibik beten, von denen derzeit viele ihrer vor 200 Jahren erlangten Unabhängigkeit gedenken, aber über die historischen, gesellschaftlichen und politischen Ereignisse hinaus Gott ihre Dankbarkeit für das große Geschenk des empfangenen Glaubens erneuern, einen Glauben, der das Erlösungsmysterium vom Tod und der Auferstehung Jesu Christi verkündet, damit alle Völker der Erde in ihm das Leben haben. Der Nachfolger Petri konnte dieses Ereignis nicht vorbeigehen lassen, ohne der Freude der Kirche über die reichlichen Gaben Rechnung zu tragen, mit denen Gott in seiner unendlichen Güte diese geliebten Nationen beschenkt hat, die aus tiefstem Herzen die Allerseligste Jungfrau Maria anrufen.

Das in den Umhang des heiligen Juan Diego, eines Indio, eingeprägte Gnadenbild der ‚Morenita del Tepeyac' mit ihrem lieblichen und freudvollen Antlitz, stellt sich als ‚die immer jungfräuliche Maria, Mutter des wahren Gottes, durch den wir leben' dar. Das Gnadenbild erinnert an ‚die Frau, mit der Sonne bekleidet; der Mond war unter ihren Füßen und ein Kranz von zwölf Sternen auf ihrem Haupt. Sie war schwanger' (Offb 12,1–2), und es weist die indigene Bevölkerung und die Mestizen auf die Gegenwart des Erlösers hin. Sie führt uns immer zu ihrem göttlichen Sohn hin, der sich als Urgrund der Würde aller Menschen offenbart, als eine Liebe, die stärker als die Kräfte des Bösen und des Todes und Quelle der Freude, kindlichen Vertrauens, des Trostes und der Hoffnung ist...

Während derzeit an verschiedenen Orten Lateinamerikas des 200. Jahrestages der Unabhängigkeit gedacht wird, schreitet der Weg der Integration auf diesem geliebten Kontinent weiter voran, indem man gleichzeitig auf Weltebene seinen neuauflebenden Protagonismus wahrnimmt.

Unter diesen Umständen ist es wichtig, dass die verschiedenen Völker Lateinamerikas ihren reichen Glaubensschatz und ihre historisch-kulturelle Dynamik dadurch bewahren, dass sie sich immer als Verteidiger des Lebens von seiner Empfängnis bis zu seinem natürlichen Ende und als Förderer des Friedens erweisen; außerdem müssen sie die Familie in ihrem natürlichen Wesen und ihrer Sendung schützen, indem sie zugleich eine umfassende und intensive Erziehungsarbeit entfalten, welche die Menschen in richtiger Weise vorbereitet und ihnen ihre eigenen Fähigkeiten bewusst macht, so dass sie auf würdige und verantwortungsvolle Weise ihre Bestimmung selbst in die Hand nehmen können. Sie sind auch dazu aufgerufen, zunehmend entsprechende Initiativen und konkrete Programme zu fördern, welche die Versöhnung und Brüderlichkeit, wachsende Solidarität und den Umweltschutz voranbringen, die Anstrengungen verstärken, um das Elend, den Analphabetismus und die Korruption zu überwinden und jede Form von Ungerechtigkeit, Gewalt, Kriminalität, Unsicherheit im Zivilleben, Drogenhandel und Erpressung auszumerzen...

Möge also das Licht Gottes immer heller auf dem Antlitz jedes Sohnes und jeder Tochter dieses geliebten Erdteils erstrahlen und seine erlösende Gnade ihre Entscheidungen lenken, damit sie, ohne den Mut zu verlieren, weiter vorankommen beim Aufbau einer Gesellschaft, die auf die Entfaltung des Guten, den Triumph der Liebe und die Verbreitung der Gerechtigkeit gegründet ist. Mit diesen hohen Vorsätzen und unterstützt vom Beistand der göttlichen Vorsehung beabsichtige ich, vor dem heiligen Osterfest eine Apostolische Reise nach Mexiko und Kuba zu unternehmen, um dort das Wort Christi zu verkünden und die Überzeugung zu stärken, dass dies eine wertvolle Zeit ist, um mit starkem Glauben, lebendiger Hoffnung und brennender Liebe die Evangelisierung zu fördern. Alle diese Vorhaben vertraue ich ebenso wie das gegenwärtige Schicksal der Nationen Lateinamerikas und der Karibik auf ihrem Weg in eine bessere Zukunft der Muttergottes von Guadalupe, unserer himmlischen Mutter, an..."

UNSERE LIEBE FRAU VON GUADALUPE UND DAS HEILIGE LAND

Jerusalem, 12. Dezember 2011. Ein außergewöhnliches Bild in der katholischen Pfarrkirche San Salvatore. Allmählich füllt sich das Gotteshaus mit Ordensleuten verschiedener Kongregationen. Viele von ihnen haben ihren Ursprung in Südamerika, aber auch lateinamerikanische und philippinische Gesichter sind darunter, Gläubige aus Israel sowie einheimische, arabisch sprechende Christen. Das bunte Mosaik wird ergänzt durch eine ganze Schar Franziskanermönche, unter ihnen auch Pater Guy Tardivy, der Dominikanerprior vom bibel-archäologischen Institut Ecôle Biblique. Sie alle wollen an diesem Nachmittag das Fest Unserer Lieben Frau von Guadalupe, der Patronin und Königin von Mexiko, Amerika und den Philippinen natürlich diesmal in spanischer Sprache feiern.

Auf dem Marienaltar befindet sich eine fast lebensgroße Ikone der Madonna von Guadalupe mit ihrem blauen Schleier und dem von Sternen geschmücktem Gewand, umgeben von duftenden Rosensträußen. Als Hauptzelebrant der Eucharistiefeier steht der Franziskaner-Kustos, Pater Pierbattista Pizzaballa, am Altar. Neben ihm der Vikar der Kustodie, Pater Artemio Vitores und der Vertreter des Lateinischen Patriarchats in Zypern, Pater Evencio Herrera Diaz.

In seiner Ansprache geht Pater Herrera auf die Geschichte der Erscheinungen Mariens zwischen dem 9. und 12. Dezember 1531, auf dem Hügel von Tepeyac ein, als die Gottesmutter den armen und ungebildeten Indio Juan Diego Cuauhtlatoatzin, dessen Glaube jedoch die Theologen seiner Zeit überragte, zu ihrem Boten erwählt hatte.

Unsere Liebe Frau von Guadalupe, erklärt Pater Herrera, repräsentiere das Antlitz Gottes, wie er sich dem mexikanischen Volk gezeigt habe: mit der dunklen Hautfarbe der Eingeborenen Amerikas, wie sie die Spanier bei ihrer Eroberung des Kontinents kennen lernten, und wie dann Maria mit dem Gesicht einer Mestizin beiden Völkern zu einer Integration geholfen habe. Damit habe durch die Jungfrau von Guadalupe in Mexiko mit einer originellen Inkulturation des christlichen Glaubens die Evangelisierung begonnen, die durch ihre Kreativität den ganzen Kontinent erreichte. Damit unterstrich Herrera, was schon Papst Johannes Paul II. betont hatte: 10 Jahre nach der Eroberung der Spanier sei die Evangelisierung durch Maria wie eine neue Sonne in die vorherrschende Kultur der Azteken eingedrungen, als Schöpferin einer Harmonie zwischen den Elementen des Universums, die im Mythos der Azteken sich gegenseitig bekämpften, und jetzt durch ihre Gegenwart eine neue Ära einleitete. Diese dynamische Evangelisierung mit dem Bild von Maria als Mestizin, in deren Gesicht sich zwei Rassen widerspiegelten, bedeutete einen historischen Meilenstein einer neuen christlichen Kultur für den ganzen Kontinent. So erreichten die Pläne Gottes oft auf unerwarteten Wegen ihr Ziel wie hier durch diesen bescheidenen, glaubensstarken und herzensoffenen Indio. Durch Unsere Liebe Frau von Guadalupe sei Juan Diego zum Botschafter zwischen den Völkern und Gott geworden, zum Katecheten und Missionar, weil Gott alle zur Heiligkeit rufe.

So bedeute auch heute für uns die Jungfrau von Guadalupe ein sichtbares Zeichen einer „Berufung zur Hoffnung", und lade alle dazu ein, die ihr Vertrauen auf sie setzten, mitzuhelfen, sowohl das menschliche Leben in all seinen Phasen zu schützen, von der Empfängnis bis zu seinem irdischen Ende, als auch die sakramentale Dimension der Familie in ihrem erzieherischen Auftrag vorzuleben, bis hin zu einem universalen Frieden.

Während die Menschen nach der Eucharistiefeier in einer kleinen Prozession mit der erhobenen Ikone ihrer himmlischen Mutter durch das Gelände der Franzikaner-Kustodie ziehen, steigt in vielen die Hoffnung auf, dass auch im Heiligen Land eine neue Evangelisierung durch Unsere Liebe Frau von Guadalupe möglich ist.

Als wir nach unserem Besuch in Mexiko ins Heilige Land zurückgekehrt waren, hatten wir den Eindruck, als würde die Liebe Frau von Guadalupe uns weiterhin begleiten. Hatte sich doch ihr Bild tief in unsere Seelen eingebrannt.

Inzwischen war Weihnachten 2011. Wir entschlossen uns, den Weihnachtsgottesdienst am 25. Dezember 2011 auf den Hirtenfeldern mitzufeiern. Dabei entdeckten wir, dass die von der damaligen Gesellschaft unbeachteten Hirten auf den Feldern vor den Toren Betlehems in ihrer Offenheit und Bereitschaft geradezu eine innere Verwandtschaft zu Juan Diego besaßen, sodass ihnen die gute Nachricht von der Geburt des Gottessohnes durch himmlische Mächte verkündet werden konnte.

Obwohl eine der Grotten durch einen Gottesdienst indischer Pilger voll gepfropft war, gelang es doch, trotz des Widerstandes eines Franziskanerwächters, uns hineinzuschmuggeln. Kaum hatten wir noch einen freien Platz ergattert, da fiel unser Blick auf die Ikone der Mutter von Guadalupe rechts an der Rückwand des Altarraums. Unser Herz schlug schneller. Maria hatte uns wie einen Magnet wiederum an sich gezogen. Während wir dem fast überirdisch klingenden Singsang der indischen Gruppe lauschten, gewannen wir den Eindruck, als spräche das Bild Unserer Lieben Frau zu uns: „Diese Grotte auf dem

Hirtenfeld bot einst den Hirten Schutz vor Kälte und Hitze, Sicherheit vor wilden Tieren. Die Hirten waren hellwach und machten sich auf für die Begegnung mit Gott. Sie gingen dem Licht nach und wurden hellsichtig. Und ihr Menschen heute? Seid ihr blind und seht nur das Dunkel der Nacht? Die Hirten hörten das Wort Gottes und begannen hellhörig zu werden. Und ihr? Seid ihr taub, weil der Schmalz des Wohlstandes eure Ohren verklebt hat?

Die Hirten waren flexibel und machten sich unverzüglich auf den Weg. Und ihr? Seid ihr erlahmt und lasst euch von nichts bewegen? Die Hirten hatten ein einfaches Gemüt und erkannten in dem hilflosen Neugeborenen ihren Herrn. Und ihr? Seid ihr zu gescheit und aufgeklärt, um ihn zu begreifen? Den Hirten und damit allen Menschen guten Willens wurde die Zusage von Engeln gegeben: 'Friede sei den Menschen seiner Gnade!' Diese Worte bedeuten auch für euch ein Zeichen, nicht einen frommen Wunsch. Die Hirten sind zu ihrem gleichen, grauen Alltag zurückgekehrt, aber als veränderte Menschen. Auch ich möchte euer Leben prägen durch meine Liebe, Menschenfreundlichkeit und Demut. Seid stark in Stunden der Prüfung, wenn der Weg, den ihr zu bewältigen habt, manchmal steil erscheint und das Licht der Hoffnung in weite Ferne gerückt ist. Jede Gabe, die der Schöpfer in euch hineingelegt hat, möge wachsen, damit ihr die Herzen derer, die ihr liebt, mit Freude erfüllen könnt."

Von Mexiko hatten wir eine Kopie des Bildes Unserer Lieben Frau von Guadalupe mitgebracht. Heute hängt diese Ikone an einem bevorzugten Platz unseres Wohnzimmers. Immer wieder zieht sie unsere Blicke auf sich mit der Einladung, mit ihr für einen gerechten und dauerhaften Frieden im Heiligen Land und in der ganzen Welt zu beten: „Vertrauet mir das Leben eurer Familien an, die Zukunft eurer Jugend, eure Verantwortlichen in Politik und Gesellschaft, eine neue Evangelisierung in meiner irdischen Heimat. Ich wiederhole euch die gleichen Worte, die ich zu Juan Diego gesprochen habe: ‚Da ist nichts, das euch erschrecken soll! Nichts soll euch betrüben und verzagen lassen. Euer Gesicht soll nicht bekümmert sein, und auch nicht euer Herz! Fürchtet weder Krankheit noch Angst oder Kummer.

Bin ich denn nicht hier – ich eure Mutter? Steht ihr nicht in meinem Schutz und Schatten? Bin ich nicht die Quelle eurer Freude? Seid ihr nicht in den Falten meines Mantels geborgen? Halte ich euch nicht in meinem Arm? Was ist es, was euch sonst noch fehlt? Deshalb soll euch nichts mehr ängstigen und verwirren!'"

Heute hängt eine Kopie des Bildes an einem bevorzugten Platz unseres Wohnzimmers. Immer wieder zieht sie unsere Blicke auf sich mit der Einladung, für einen gerechten und dauerhaften Frieden im Heiligen Land zu beten. (Foto: Louisa Fleckenstein)

DANKSAGUNG

Ein großer Dank gilt Pfarrer Hartwig Benz, der mir vor vielen Jahren das Bild Unserer Lieben Frau von Guadalupe geschenkt hatte.
Dass die Reise zu unserem 30. Hochzeitstag nach Mexiko so reibungslos durch das „himmlische Planungsbüro“ infolge von Zweitursachen zustande kam, dafür gilt ein besonderer Dank Pater Jürgen Würtenberger. Hatte er uns doch auf Pater Cornelius Pfeifer aufmerksam gemacht.
Natürlich kann ich gar nicht genug Pater Cornelius danke sagen, dass es ihm sogar gelungen ist, für uns einen deutschen Hochzeits-Dank-Gottesdienst mit Blick auf die Tilma zu feiern.
Ein spezieller Dank gilt unserem „Engel von Mexiko“, Frau Rosamaria Reynoso. Seit unserer ersten Begegnung am Airport Mexiko City verbindet uns mit ihr eine herzliche Freundschaft.
Last not least danke ich meinen beiden Lektoren Eva-Maria und Simon Dach, die mit großer Sorgfalt den Text und die Bilder layoutiert und mir gute Tipps gegeben haben.

Printed by Books on Demand GmbH, Norderstedt / Germany